DORA
EXPLORATRICE

Dora sauve le Royaume de Cristal

adapté par Emily Sollinger
illustré par Victoria Miller

PRESSES
AVENTURE

Presses Aventure, une division de
Les Publications Modus Vivendi inc.
55, rue Jean-Talon Ouest, 2ᵉ étage
Montréal (Québec) H2R 2W8
Canada

Publié pour la première fois en 2009 par Simon Spotlight sous le titre *Crystal Kingdom Adventures*

Traduit de l'anglais par Andrée Dufault-Jerbi

Dépôt légal : Bibliothèque et Archives nationales du Québec, 2010
Dépôt légal : Bibliothèque et Archives Canada, 2010

ISBN 978-2-89660-102-8

Nous reconnaissons l'aide financière du gouvernement du Canada par l'entremise du Programme
d'aide au développement de l'industrie de l'édition (PADIÉ) pour nos activités d'édition.

Gouvernement du Québec — Programme de crédit d'impôt pour l'édition de livres — Gestion SODEC

Imprimé au Canada

Hello! C'est moi  !

DORA

Et ceci est mon  .

LIVRE

C'est un  d'histoire.

LIVRE

Veux-tu lire une histoire

avec  et moi?

BABOUCHE

Il était une fois

un magnifique
ROYAUME
DE CRISTAL

qui rayonnait grâce à .
QUATRE
CRISTAUX

Le 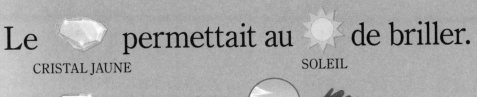 permettait au 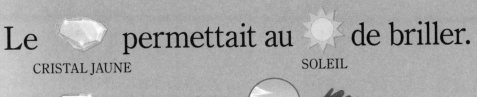 de briller.
CRISTAL JAUNE   SOLEIL

Le 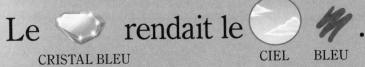 rendait le 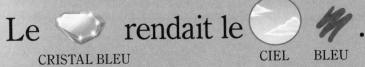 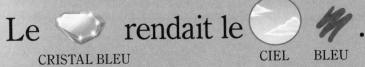 .
CRISTAL BLEU   CIEL   BLEU

Le 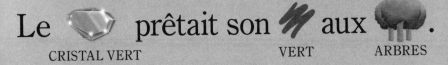 prêtait son 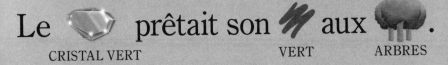 aux 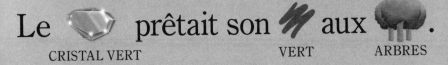 .
CRISTAL VERT   VERT   ARBRES

Le 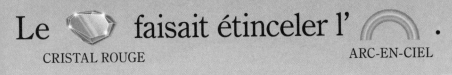 faisait étinceler l' 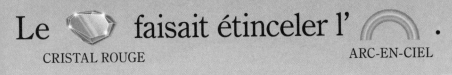 .
CRISTAL ROUGE   ARC-EN-CIEL

Un méchant habitait le

ROI

ROYAUME
DE CRISTAL

Il n'aimait pas partager.

Un jour, le  ROI utilisa sa baguette

magique et vola tous les ◈◈ CRISTAUX.

Le 🏰 ROYAUME DE CRISTAL perdit aussitôt

ses couleurs !

Une jeune fille, , décida de partir

ALLIE

à la recherche des .

CRISTAUX

Elle regarda

sous les .

PIERRES

Elle regarda

derrière

les .

FLEURS

Elle regarda et regarda partout.

« Regarde, Dora !  vient

de sortir de ton  », dit .
LIVRE   BABOUCHE

« Je suis à la recherche

des perdus », dit .
CRISTAUX   ALLIE

 peut nous aider à retrouver
CARTE

les  !
CRISTAUX

 dit que le CRISTAL JAUNE est caché dans

l'histoire du DRAGON et le CRISTAL VERT, dans

celle de la CAVERNE.

Le CRISTAL BLEU est caché dans

l'histoire du CHÂTEAU DANS LES NUAGES.

Le  se trouve toujours quelque
CRISTAL ROUGE

part dans l'histoire du .
ROYAUME
DE CRISTAL

Sautons dans le pour trouver
LIVRE

les ! Accompagne-nous!
CRISTAUX

Le 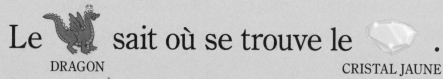 sait où se trouve le .
DRAGON CRISTAL JAUNE

« Le l'a caché au cœur
ROI

des de la , dit le .
PIERRES FALAISE DRAGON

Je vais vous y conduire. »

Le 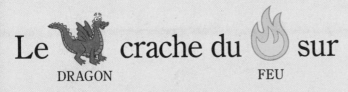 crache du 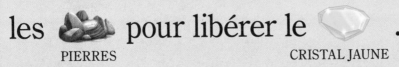 sur

DRAGON   FEU

les ![pierres] pour libérer le ![cristal] .

PIERRES   CRISTAL JAUNE

Hourra ! Nous avons récupéré

le ![cristal] .

CRISTAL JAUNE

Nous sommes dans l'histoire de

la . Un 🦋 dit que le 💎

CAVERNE   PAPILLON   CRISTAL VERT

se trouve à l'intérieur d'un 🔸.

COCON

« Regarde ! » dit .
ALLIE

Les COCONS sont en train d'éclore !

Voilà le CRISTAL VERT !

Le PAPILLON a une surprise pour nous.

Il nous offre à chacun de JOLIES AILES !

Le  se trouve
CRISTAL BLEU

dans l'histoire du .
CHÂTEAU
DANS LES NUAGES

Mais le a verrouillé
ROI

la porte du !
CHÂTEAU
DANS LES NUAGES

Comment faire pour entrer ?

Grâce à ses ,
AILES

Dora peut voler jusqu'à la .
FENÊTRE

Elle a trouvé le !
CRISTAL BLEU

Il ne manque plus que le .

CRISTAL ROUGE

« Le a caché le sur

ROI   CRISTAL ROUGE

sa  , dit 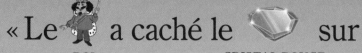 .

COURONNE   ALLIE

Mais le  s'est réfugié

ROI

au sommet de ce gros 🌋 . »

VOLCAN

Comment pouvons-nous voler

jusqu'au sommet du ?
VOLCAN

Exact ! En nous servant

de nos  !
AILES

Le 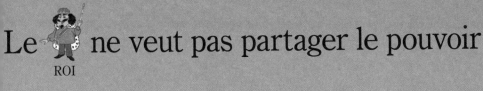 ne veut pas partager le pouvoir
ROI

des cristaux. « Ils sont à moi ! » dit-il.

« Partage avec nous ! » disons-nous.

Le Roi nous rend le .
CRISTAL ROUGE

Nous avons réuni tous les  !
CRISTAUX

Le  retrouve

ROYAUME
DE CRISTAL

ses jolies couleurs !

Le  et la sont !

CIEL   MER   BLEUS

Le est !

SOLEIL   JAUNE

Le et les sont !

GAZON   ARBRES   VERTS

L' brille !

ARC-EN-CIEL

Nous avons sauvé le !

ROYAUME
DE CRISTAL

Nous avons même appris

au à partager !

ROI

Il offre sa à ,

COURONNE   ALLIE

qui devient la !

REINE

C'est gagné ! Hourra !

Merci de nous avoir

aidés à retrouver les !
CRISTAUX